ye

19548

LES DÉBUTANTES

AU

THÉATRE FRANÇAIS,

Pièce de vers dédiée à Mlle. Duchesnois, élève du C. *Legouvé*, et actrice du Théâtre de la république.

Par L. M. C.

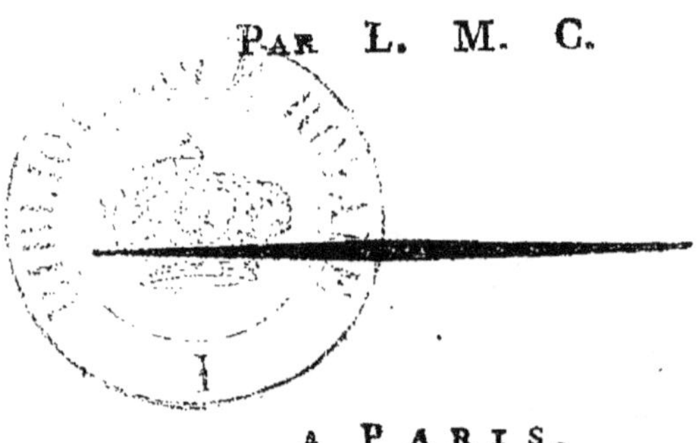

A PARIS,

Chez SUROSNE, Libraire, palais du Tribunat, galerie de bois, N°. 253.

Et chez tous les marchands de nouveauté.

An XI.——1803.

Déposé à la Bibliotèque nationale.

Les exemplaires qui ne seront point revêtus de mon paraphe, sont contrefaits .

LES DÉBUTANTES

AU

THÉATRE FRANÇAIS.

O toi ! brillant espoir de la tragique scène,
Qui reçus le poignard des mains de Melpoméne;
Idole du parterre, aimable Duchesnois,
Je vais te consacrer et mes vers et ma voix.
Assez et trop long-tems une sotte influence
En faveur de Weimer, fit pencher la balance;
Orgueilleuse rivale elle cède aujourd'hui,
Et ses billets donnés lui sont un faible appui. (1)
La beauté, j'en conviens, est un grand avantage;
Mais si l'on n'y joint pas ce séduisant langage,
Cette chaleur de l'âme et cette expression
Que l'on admire en toi, qui surprend la raison;
Cette beauté n'est plus qu'une amorce traîtresse
Qui peut tenter les sens et la folle jeunesse,
Auprès de la sagesse elle n'a point d'accès,
Et le public instruit garantit tes succès.

1

(4)

C'est envain que Raucours, protégeant ta rivale,
Excita pour ta perte une vile cabale,
Et que chef consommé dans l'intrigue des cours,
Fit tout pour élever Weimer ses amours ;
Weimer, ce cher objet de ses chastes caresses,
Aimable confident de ses tendres faiblesses.
Jamais il n'exista des liens aussi doux ;
Bienheureuse Raucours que tu fais de jaloux.
Toujours le vrai mérite a fait naître l'envie :
Au théâtre Français la basse jalousie
Distillait son venin dans le sein des acteurs ;
Duchesnois possédait des talens enchanteurs,
Et Duchesnois déplut ; aussi-tôt on intrigue,
On conjure sa perte, il se forme une ligue ;
Raucours la commandait, on voit à ses côtés
Marcher le grand Baptiste, et Saint-Prix et Desprès,
Dugazon le farceur, et Lafond l'intrépide ;
Lafond, aimable acteur : mais la fureur le guide ;
Dans Tancrède il se vit à-peu-près éclipsé,
Son amour-propre en est vivement offensé.
Sous ces chefs valeureux, s'avançait une troupe
De doubles, de valets ; un ridicule groupe,
Par la crainte excité, ne formant qu'un desir
Celui d'être payé et celui d'obéir.
De Vanhove on connaît la brûlante éloquence,
Le bonhomme harangua sa guerrière audience :
Il parla comme un livre ; et voici ce qu'il dit :
O vous ! chers compagnons ; vous, modèles d'esprit,
De force, de tendresse et grandeur et courage.
O vous ! soutiens fameux du tragique héritage,
Souffrirez-vous ainsi qu'un être audacieux
S'arroge votre empire et commande en ces lieux ;

Les applaudissemens sont pour lui sans mesure,
Et pour nous on réserve une austère censure.
Vous, Saint-Prix magnanime; et vous sur-tout Lafond,
De la scène l'honneur, si touchant, si profond;
Vous qui peignez si bien le maître de Zaire,
La fureur, le dédain, la fierté, le délire;
Duchesnois veut aussi touchante en ses accens
Du parterre enthousiaste exiger de l'encens.
Sa sensibilité a, par un peu d'adresse,
D'un public inconstant, su gagner la tendresse;
On l'aime, et nous témoins de ses heureux succès,
Nous verrons nos lauriers se changer en cyprès;
Et vous Baptiste; vous, surnommé Thélégraphe;
Vous, dont les bras vantés dans plus d'un paragraphe.
. . . . . l'orateur indiscret, fut contraint de cesser.
  Baptiste, d'un soufflet courut le menacer,
Aussi-tôt on s'empresse, on vole, on les sépare,
Mais l'acteur offensé de ce propos bisarre,
Enflammé de fureur, n'écoute aucun discours,
Lorsqu'on vit se lever la superbe Raucours;
On se tait, tout s'appaise, à son aspect auguste;
Ce rauque son de voix, cette taille robuste,
Ce bras nerveux sur-tout, et ces yeux menaçant
Font garder un silence qu'on observe en tremblant;
Secouant son flambeau la discorde dit-elle,
Ici veut faire naître une triste querelle;
Mons Vanhove est un sot, on doit lui pardonner:
Que diable venait-il ainsi nous psalmodier?
Contre vos maux, amis, je possède un remède,
Ce trésor m'est bien cher, pourtant je vous le cède,
Je l'élevai pour vous dès ses plus jeunes ans,
Jamais il ne se vit des attraits plus charmans. (2)

(6)

J'en suis bien folle aussi, chacun a sa faiblesse,
Pour un objet si beau, je suis toute tendresse,
Je vais donc m'expliquer : cet excellent sujet,
Qui contre Duchesnois, doit servir mon projet,
N'a pas encore seize ans, et Weimer on l'appelle ;
On trouve rarement une femme aussi belle,
Je m'y connais un peu, son aspect séduira,
Et dans son feuilleton Geoffroi la pronera.
Tout le monde applaudit à l'heureuse nouvelle ;
On embrasse Raucours ; Lafond vante son zèle ;
On fait venir Weimer, son air noble charma,
Et chacun à son tour un baiser lui donna.
    Au Théâtre français, bientôt l'on vit paraître
Cet objet enchanteur, vrai modèle du maître,
De Raucours on connut, les gestes, les accens,
Ce grand art de crier et d'étourdir les géns ;
Mais George était jolie, et George sut nous plaire,
Son visage charmant trouva grace au parterre ;
Au défaut des talens on admira ses traits,
Et la folle jeunesse encensa ses attraits.
Moi-même le premier, possèdant un cœur tendre,
Je baissai pavillon, et fus prêt à me rendre ;
Je crains peu cependant les attaques d'amour,
Ce Dieu jamais chez moi n'établit son séjour.
Sans honte l'on peut bien avouer sa défaite,
Weimer fera tourner plus d'une froide tête.
Et tel qui de son jeu sans cesse médira,
A son brillant aspect lui-même applaudira.
On admire sans doute une aimable figure,
Ces grâces, ces appas, présens de la nature ;
Ces bras voluptueux par l'amour arrondis,
Dangereux attributs de la tendre Cypris :
Tout cela est fort bon, et quoique l'on en glose

Dans un galant boudoir , c'est toujours quelque chose.
Mais il ne suffit pas d'un minois séduisant,
Il faut y joindre encor le ton du sentiment,
Au théâtre sur-tout ce don est nécessaire :
Qui ne peut émouvoir a rarement su plaire.
Non pas que je pretende, et ce sans fausseté,
Refuser à Weimer la sensibilité ?
Je suis bien loin de faire à cette aimable actrice
Une injure aussi grave, une telle injustice :
Un jour elle saura, conforme à nos désirs,
Par son jeu contribuer , à nos plus doux plaisirs,
Enchantant le public ennyvré de ses charmes ,
A tous ses ennemis faire poser les armes,
Et règlant mieux son geste et ses éclats de voix ,
Partager les esprits entre elle et Duchesnois.

Pendant que de Weimer , la figure brillante ,
Le port noble et touchant, la tournure élégante
Attirent un public libertin et galant ,
Que le jeune homme admire un mintien si décent,
Que soupirant tout-bas, vainement il désire
De se voir soulager en son brulant délire ,
De Legouvé, l'élève expiait le malheur
D'avoir par ses talens, su gagner plus d'un cœur,
D'avoir su rendre enfin au langage tragiqne
Une autre expression , cette force énergique
Qui disparut avec Duménil et Clairon,
Que n'a point de Fleury le lamentable ton.
De dégoût, d'amertume elle était abreuvée,
Sans cesse on lui vantait la nouvelle arrrivée ;
Exaltant son mérite, on abaissait le sien,
A côté de Weimer, Duchesnois n'était rien.
Je ne décrirai point les injures diverses

Et les airs insolens de ces âmes perverses ,
Il fallut dévorer tout , jusqu'à des affronts ; (3)
Tant de fiel entre-t-il dans l'ame d'Histrions.
Dans les acteurs pourtant , il en est d'estimables
Qui de complicité , ne furent point coupables.
Je me plais à citer la charmante Bourgoin ,
Fidèle à sa collègue en son triste destin, (4)
Il le faut avouer , cette conduite est belle ,
Et se voit rarement chez un être femelle ,
Car ces dames n'ont pas beaucoup de charité ,
Quand il s'agit de gloire et de rivalité.
    Geoffroi de son côté , ce vieil abbé caustique ,
Zoïle de Voltaire , affamé de critique ,
De Duchesnois d'abord partisan très-zéle ,
En faveur de Weimer s'est aussi signalé.
A juger l'intérêt que cet abbé lui porte ,
La chaleur qu'il y met et l'ardeur qui l'emporte ,
On dirait que frappé de ses tendres appas ,
Il aspire à goûter le bonheur en ses bras ;
Il sait , le fin matois que , si ce n'est un ange ,
Jamais femme n'a su mépriser la louange ,
Que c'est le vrai moyen d'arriver à son cœur ,
De s'en rendre le maître et d'y vivre en vainqueur.
Notre cher rédacteur ne manque pas d'adresse ,
Son style est verd encor , et sent peu la vieillesse ;
Il vante à tout propos cette auguste beauté ,
De ce port élégant la douce majesté.
Je pense que Geoffroi n'a pas l'âme vénale ,
Et qu'il n'est point payé d'une sotte cabale ;
La sensibilité fait seule son malheur.
Trop prompte à l'enflammer , elle égare son cœur ,
Et nouveau Polyphême , en sa rage insensée ,

Il voudrait

Il voudrait attendrir sa belle Galatée. (*a*)

    Je me ris des efforts de ce Caméléon;
Aristarque méchant et singe de Freron,
Détracteur acharné des œuvres d'un grand homme,
Son feuilleton maudit, sans cesse nous assomme,
Envain à la torture il met tout son esprit,
Les débats ont perdu beaucoup de leur crédit;
 On trouve avec raison, qu'il est fort insipide
D'entendre incessamment ce discoureur perfide,
A combatre les morts, lachement s'évertuer,
Et consacrer sa plume à ce triste métier.

    En-effet, il est vrai, élève en l'art d'écrire,
Voltaire eut le malheur de composer Zaire;
Cet ouvrage toujours a fait verser des pleurs,
C'est du charlatanisme, il ne vaut rien d'ailleurs :
Gaugiskan, Mérope, Mahomet er Alzire,
Ce sont des pauvretés que la sottise admire.
Aménaïde est folle et Tancrède insensé;
Jamais pour Arouet son fiel n'est épuisé,
Dans les jaloux accès de sa fureur chagrine,
Il prononce en faveur de Corneille et Racine,
Et dévot écrivain, son esprit orgueilleux
Dicte un arrêt bisarre autant qu'audacieux.
Chantre aimable d'Henry, chantre de la pucelle,
De-grâce et de fraîcheur, O toi, parfait modèle,
Si l'on sait quelquefois, au ténébreux séjour,
Les fautes des humains, les sottises du jour.
Si les cris de Geoffroi, ont frappé ton oreille,

(*a*) Pour l'intelligence de ces deux vers, il est bon
d'apprendre à ceux qui l'ignorent que M^r. l'Abbé est
borgne, ou peu s'en faut.

Sans-doute, tu souris d'une attaque pareille ;
Tu songe à l'écossaise, où ton pinceau mordant,
Sut si bien te venger d'un Fréron impudent.
Ce Fréron, toutefois, avait encor la gloire
D'oser te disputer le prix de la victoire ;
Il était en présence, et guerrier valeureux,
Il s'exposait au sort d'un combat dangereux.
Mais Geoffroi, dévoré du besoin de médire,
Cède complaisamment au plaisir de nuire.
Hyène littéraire, au milieu des tombeaux,
Il déterre les morts qu'il déchire en lambeaux.
Ce prêtre, possédé d'une sainte furie,
A déclaré la guerre à la philosophie,
Sans parler des bienfaits, condamnant les abus,
Il s'écrie au scandale en invoquant Jésus.
On chérit en tous lieux une saine critique,
Elle éclaire l'esprit, elle instruit, elle pique,
Par elle d'un ouvrage, on connaît la beauté,
On peut juger son stile et goûter sa bonté ;
Mais trois fois malheureux, le chagrin satyrique
Qui va prostituant sa muse famélique.
Ses vers comme sa prose, épouvantent les gens ;
Le succès n'attend pas les auteurs impudens.

On s'accoutume à-tout, et même à la beauté ;
Le talent seul, arrive à l'immortalité,
Pour lui seul, le Français n'a point l'humeur volage ;
Toujours il sut lui rendre un véritable hommage,
Et cet être léger, délicat, inconstant,
Du mérite parfait, est le fidèle amant :
Aussi l'on vit bientôt, idole passagère,
Weimer, faire bâiller un ennuyé parterre,
De son aspect charmant, les yeux rassasiés,

Découvrir des défauts jusqu'alors oubliés;
On ne vit plus régner le même enthousiasme
Aux *bravos* succéda le caustique sarcasme,
Et le caissier frappé de la baisse des fonds
Dans les revers de George en trouva les raisons :
La Raucours, cependant, inquiète, affligée,
Voyait avec douleur fléchir sa protégée,
Son grand cœur s'indignait de ce coup imprévu
Et tremblait au penser de son espoir déçu :
Cette cruelle idée excita son courage,
Son front noir s'obscurcit d'un sinistre nuage;
Elle va méditant un terrible projet,
Qui produira sans-doute un favorable effet.
Dans Phédre, Duchesnois s'est assez fait connaître;
Dans le role de Phédre, on vit Weimer paraître.
Le public put alors juger et comparer :
Au talent, la beauté fut contrainte à céder;
Malgré ses vains efforts et sa vile cabale,
Raucours vit triompher cette heureuse rivale.
Le public dégoûté, d'une commune voix
Dans ce rôle, à grands cris demanda Duchesnois:
Les *artistes* alors... O! comble d'impudence!
Osèrent refuser, même avec insolence:
Ces Messieurs, cependant, par le public payés,
Sont faits pour écouter ses moindres volontés :
Mais ils sont dévorés des poisons de l'envie,
Excités par la rage, outrés de jalousie ;
Et l'on sait que le cœur aigri par passion,
N'est pas trop en état d'entendre la raison.
Je ne décrirai pas la ridicule affaire (6)
Que suscita bientôt ce refus téméraire,
Ni comment arriva ce remfort de soldats
Qui seul pût empêcher de sanglans résultats;

Il suffit de savoir que Duchesnois l'emporte
Malgré Geoffroi, Raucours et toute son escorte.

Et toi, belle Weimer, si ma muse aujourd'hui
Vante de Duchesnois, le mérite accompli ;
Si cédant à l'attrait du desir qui m'anime,
Je loue en méchans vers cette femme sublime,
Ne crois pas que jamais la partialité
Dirigea mon pinceau guidé par l'équité.
Quelque jour tu pourras, avec l'expérience
De tes heureux travaux, goûter la récompense ;
Et fuyant de Raucours les cris et les accens,
Obtenir du public un glorieux encens.
Crains sur-tout qu'en ton âme une jalouse peine
Ne fasse pénétrer l'aiguillon de la haîne :
La nature envers toi, prodiguant ses bienfaits,
D'un cœur noble, sans-doute embellit tes attraits ;
Que plutôt imitant, s'il se peut, ta rivale,
Tu borne tes efforts à marcher son égale,
Et généreuse émule, apprendre à ses amis,
Que les talens, jamais, ne furent ennemis.

NOTES.

(1) *Et ses billets donnés lui sont un faible appui.*
A une représentation de Phèdre jouée par mademoiselle George Weimer, je reçus le trentième billet payant distribué aux bureaux, et en arrivant au parterre qui peut contenir à-peu-près 600 personnes, je le trouvai presqu'entièrement plein; il est facile d'expliquer ce phénomène.

(2) *Jamais il ne se vit des attraits plus charmans.*
Mlle. Raucours parle ici d'après ses idées acquises et son expérience. La nature a fait une erreur en plaçant cette actrice au rang des femmes, elle semble l'avoir plutôt destinée à faire partie du sexe masculin, avec qui elle conserve encore certain rapport par une singulière affection pour les jolies personnes du sien, ce qu'il faut, sans-doute, attribuer à une organisation physique particulière.

(3) *Il fallut dévorer tout, jusqu'à des affronts.*
On aura peine à croire tous les désagrémens et les humiliations que mademoiselle Duchesnois a éprouvée de la part de certains acteurs. Ces Messieurs ont fait preuve, à ce sujet, d'une jalousie aussi plate que ridicule, et ils ont poussé l'impertinence jusqu'au dernier période : on m'a assuré, par exemple, qu'à l'époque où il était encore indécis si l'élève de Legouvé remplirait le rôle de Phèdre, le sieur B... eut l'indignité de lui cracher au visage, en lui disant : « Tu as beau faire vilain laidron, tu ne joueras jamais le rôle de Phèdre ».
Je me plais à croire, pour l'honneur du théâtre Français, que cette dégoûtante anecdocte est controuvée.

(4) *Fidèle à sa collègue en son triste destin.* »
Mademoiselle Bourgoin est fort aimable, et le serait bien davantage si elle ne s'obstinait pas à jouer la tragédie.

    Soyez plutôt maçon, si c'est votre talent,

A dit Boileau, et cette charmante actrice est si bien placée dans la comédie, dans le Florentin sur-tout, que tous ses amis l'engagent à quitter la muse tragique pour le masque de Thalie.

Au-surplus, mademoiselle Bourgoin a toujours eu beaucoup d'égards pour mademoiselle Duchesnois. Un jour ou cette dernière devait paraître sur la scène elle la tira d'un grand embarras, en lui prêtant sa loge pour s'habiller, les autres acteurs ayant eu la petitesse de lui refuser la leur.

(5) *Le succès n'attend pas les auteurs impudens,* et qui l'est plus que le citoyen Geoffroi? qui plus que lui mériterait le mépris et l'indignation, si l'on ne savait que toutes ses déclamations puériles sur Voltaire, n'ont d'autre but que celui de plaire à une faction anti-philosophique dont le saint homme est le coriphée. Il est à regretter, cependant, que cet écrivain ne fasse pas un meilleur usage d'une plume d'ailleurs exercée et faite pour manier avec succès le fouet de la critique.

Le Rédacteur du célèbre *feuilleton,* avait dès le principe des débuts de mademoiselle Duchesnois et jusqu'à l'apparition de mademoiselle Georges Weimer, prodigué à cette débutante les éloges qu'elle méritait, et fait entrevoir les grandes espérances, si bien réalisées depuis, que donnaient pour l'avenir un jeu déjà sûr et profond, et les élans d'une âme noble, sensible et élevée : mais à l'arrivée de l'élève de mademoiselle Raucours, il retira ses bonnes grâces à sa première idole, pour les porter toutes entières sur mademoiselle Georges qu'il ne cessa de combler de louanges, aussi ridicules qu'exagérées, sur sa beauté et ses talens qui sont loin encore de pouvoir soutenir la comparaison avec ceux de mademoiselle Duchesnois. Néanmoins, depuis quelque tems , fatigué de lutter seul contre l'opinion générale et le goût du public, il cherche à raccommoder les choses ; mais l'on sait aujourd'hui à quoi s'en tenir sur les jugemens émanés de la rue des Prêtres.

(*6*) *Je ne décrirai pas la ridicule affaire* »
Tout le monde connait la scène scandaleuse qni s'est répétée dans les deux représentations de *Tancrède* : à la première, après avoir demandé à grands cris Mlle. Duchesnois, et envoyé un ambassadenr qui fut retenu contre le droit des gens, le parterre prit le parti d'escalader le théâtre, et de venger l'affront qui lui avait été fait dans la personne de son chargé de pouvoir ; mais loin de réussir dans sa tentative , il fut vigoureusement repoussé.——A la seconde représentation , le public ayant recommencé ses clameurs, et persistant à demander Mlle. Duchesnois, dans le rôle de Phèdre : la police intervint dans le tumulte, et la tranquillité ne put être rétablie que par l'arrestation des plus turbulens.

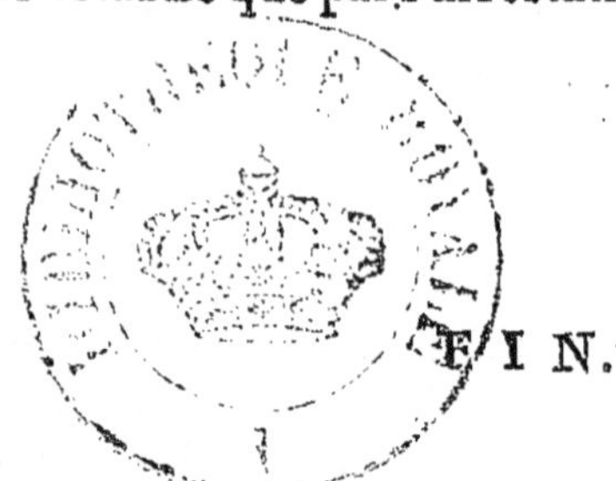

F I N.